山の子テンちゃん

空から落《お》ちてきた
小さないのち

佐和《さわ》みずえ

汐文社《ちょうぶんしゃ》

もくじ

1 テンちゃん、天からふってくる

うららかな春のある日のことです。

大分県《おおいたけん》の山あいにある小さな町、豊後大野市《ぶんごおおのし》の、とある山寺のてんじょうから、ぽとっと音がして、こげ茶色《ちゃいろ》の小さな生きものが、わらといっしょに落《お》ちてきました。

「あら、これはなに？」

ボランティアで、山寺のそうじにきていた安東《あんどう》ひづるさんは、ほうきを置《お》いて、そばにあゆみよりました。

犬のような、タヌキのような、なんだかよくわからないけれど、生まれてまもないことだけはわかります。

大きさは、手のひらにのるくらいです。

目もあいていません。ひとりのボランティアが、

「ネズミの仲間《なかま》かなあ……」

そういって、ビニールのゴミ袋《ぶくろ》に入れました。

「まって」

ひづるさんは、とっさに手をさしだしていました。

その日、ひづるさんは、このなにかわからない動物《どうぶつ》を、エプロンにつつんで車にのせ、大分市内《おおいたし》の家に帰りました。

家に帰ったひづるさんは、さっそく、知り合いの動物病院《どうぶつびょういん》に電話をかけました。

「もしもし、わたし、安東《あんどう》です。先生、ちょっと来てくださいますか？　じつは、なにかわからない動物《どうぶつ》を保護《ほご》しちゃって」

「わかりました。すぐに行きます」

うてばひびくように、返事《へんじ》が返《かえ》ってきました。ひづるさんが電話をかけた獣医師《じゅういし》さんは、同じ町内に住《す》むかかりつけのお医者《いしゃ》さんです。

この先生は、ミニバンに注射器《ちゅうしゃき》や点滴《てんてき》などの器材《きざい》を積《つ》んで、家で診察《しんさつ》してくれます。

ひづるさんは、ペットの犬をなんどもみてもらっているのです。

ひづるさんは、洗濯《せんたく》かごにあたたかなカイロをつつんだバスタオルをしき、リビングのとなりの座敷《ざしき》に入れると、そこを生きものの部屋《へや》にすることにしました。

待《ま》つこと一時間あまり。インターホンが鳴って、先生がやってきました。

先生は、洗濯《せんたく》かごの中をのぞいて、首をかしげました。

野生動物《どうぶつ》の赤ちゃんは、ひとめ見ただけでは、なんの赤ちゃんなのか、獣医師《じゅういし》にもわからないことがあるのです。

先生は、赤ちゃんを抱《だ》きあげると、目、指《ゆび》、耳、おしりなどをじっくり観察《かんさつ》しました。

「うーん……。これは、テンの赤ちゃんだと思いますね」

「テン!?」

ひづるさんは、びっくりぎょうてん。

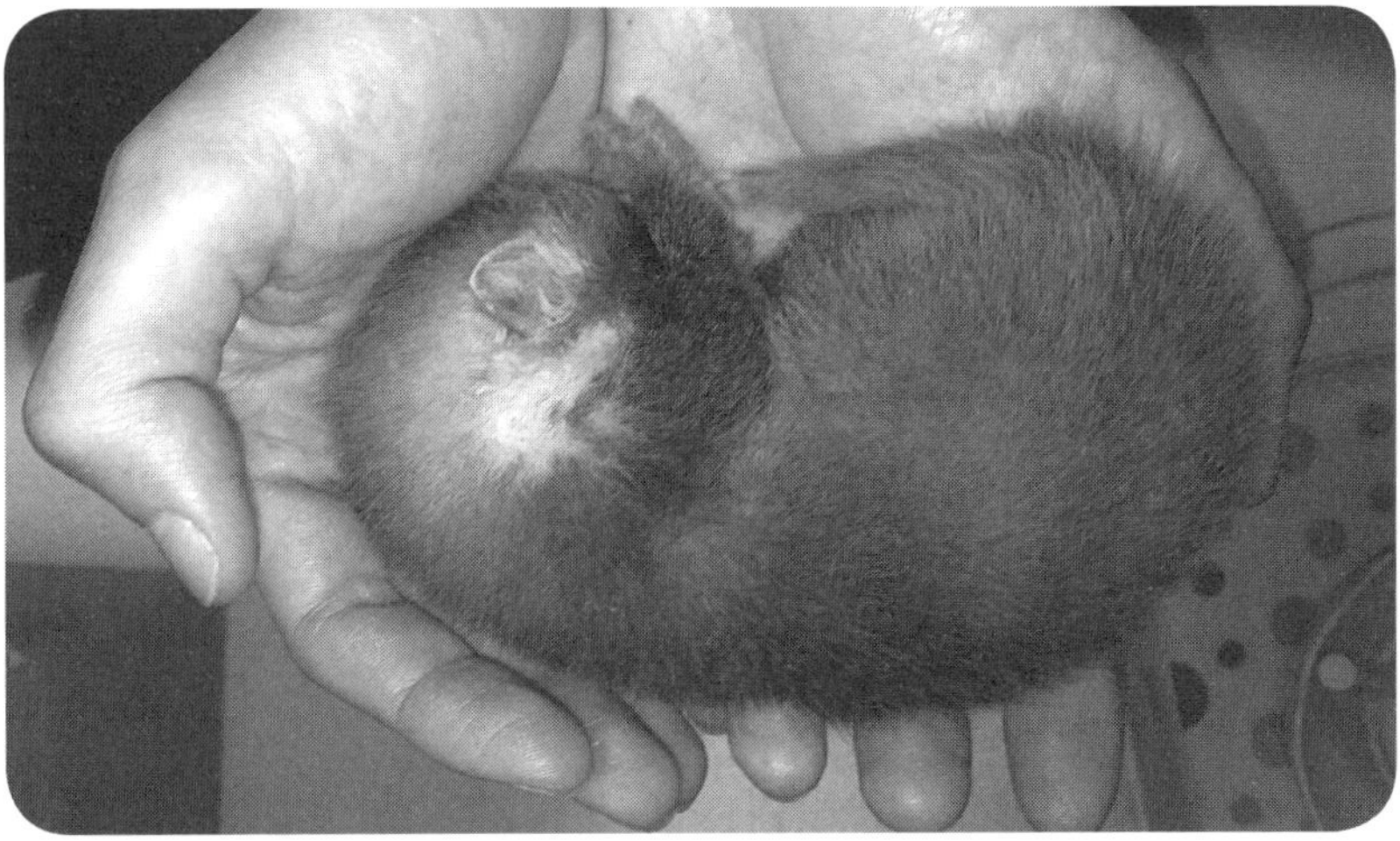

生まれてまもないテンの赤ちゃん。手の中にすっぽり。

テンなんて、名前は聞いたことがあるけれど、これまで見たこともありません。

「テンって、毛皮《けがわ》になる、あのテンですか？」

目をまるくして、たずねました。

「そう、そのテンです」

先生はうなずきながら、カバンから聴診器《ちょうしんき》をとりだし、テンの胸《むね》にあてました。

まずは健康《けんこう》チェックです。

「心臓《しんぞう》は、だいじょうぶですね」

けがをしていないか、脈《みゃく》は正常《せいじょう》か、ていねいにみます。

「どうでしょう？　生きられるでしょうか？」

ひづるさんは、こわごわと聞きました。

このとき、はじめて、この子を育《そだ》ててやりたい！と、強く思ったのです。

「いまのところ、だいじょうぶだと思います。二時間おきに、ネコ用のミルクをのませてください。トイレも、ひとりではできないので、ティッシュか綿棒《めんぼう》で、おしりをしげきしてあげてください」

先生は、聴診器《ちょうしんき》をしまうと、テンの育《そだ》てかたをいろいろ教

えてくれました。それから、

「テンは野生の動物《どうぶつ》ですから、元気になったら、山にかえしてあげてくださいね。それが、自然界《しぜんかい》の決《き》まりですから」

と、言いました。

こうして、ひづるさんは、テンの赤ちゃんのおかあさんになりました。名前も決《き》まりました。

テンだから、テンちゃん。空（天）からふってきたから、テンちゃん。

「あなたは、きょうからテンちゃんよ！」

ひづるさんは、テンちゃんの背中《せなか》をそっとなでながら、やさしくよびかけるのでした。

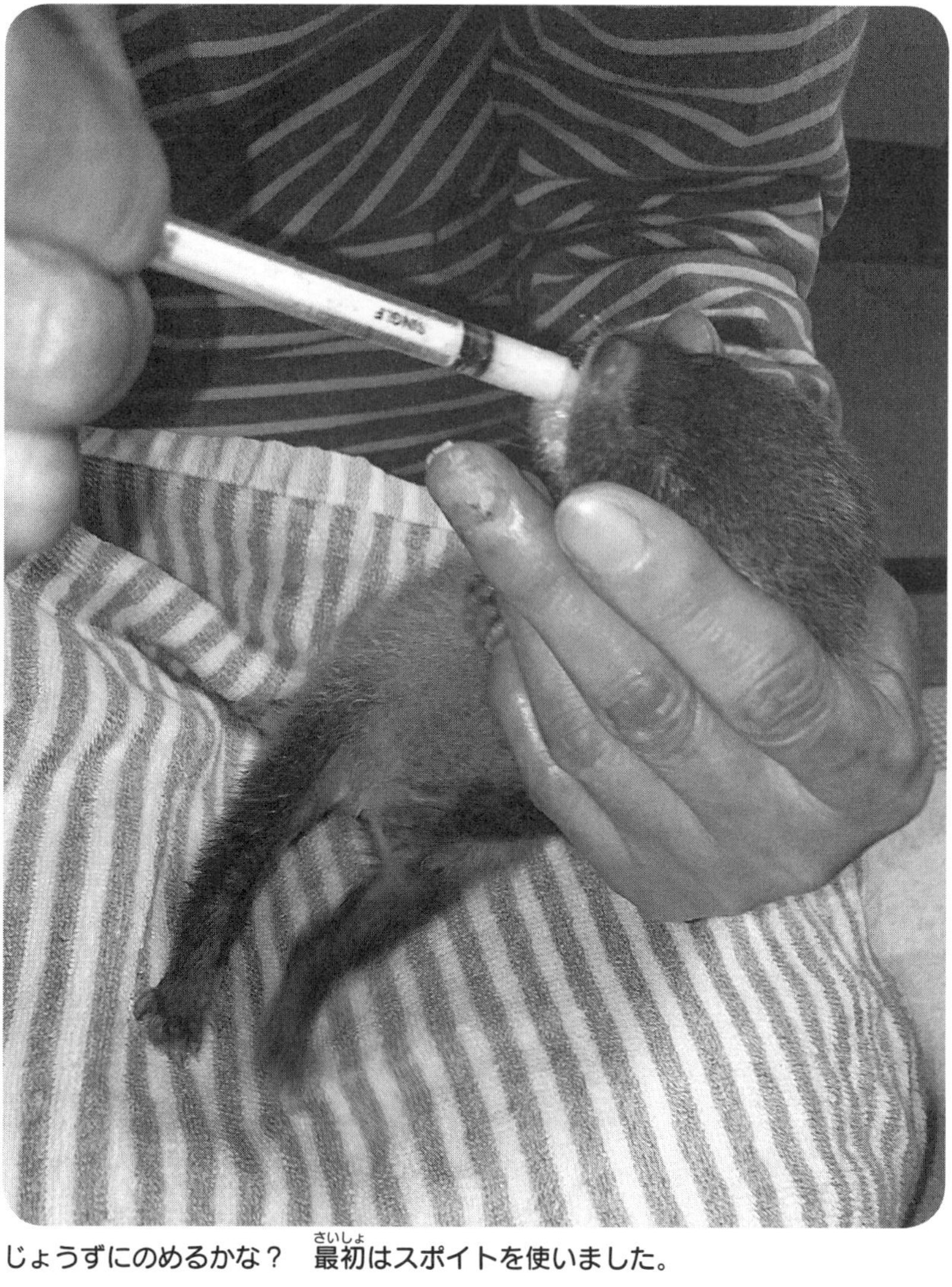

じょうずにのめるかな？　最初《さいしょ》はスポイトを使いました。

2
集《あつ》まった友だち

こうして、ひづるさんはテンちゃんのおかあさんになりました。

まずは、二時間ごとに、ネコ用のミルクを、スポイトでのませることにしました。

夜は、四時間ごとです。のみおえるまで、四十分から一時間もかかります。オシッコもウンチも、ひづるさんがさせます。

ティッシュでぽんぽんと、おしりをしげきしてやるので

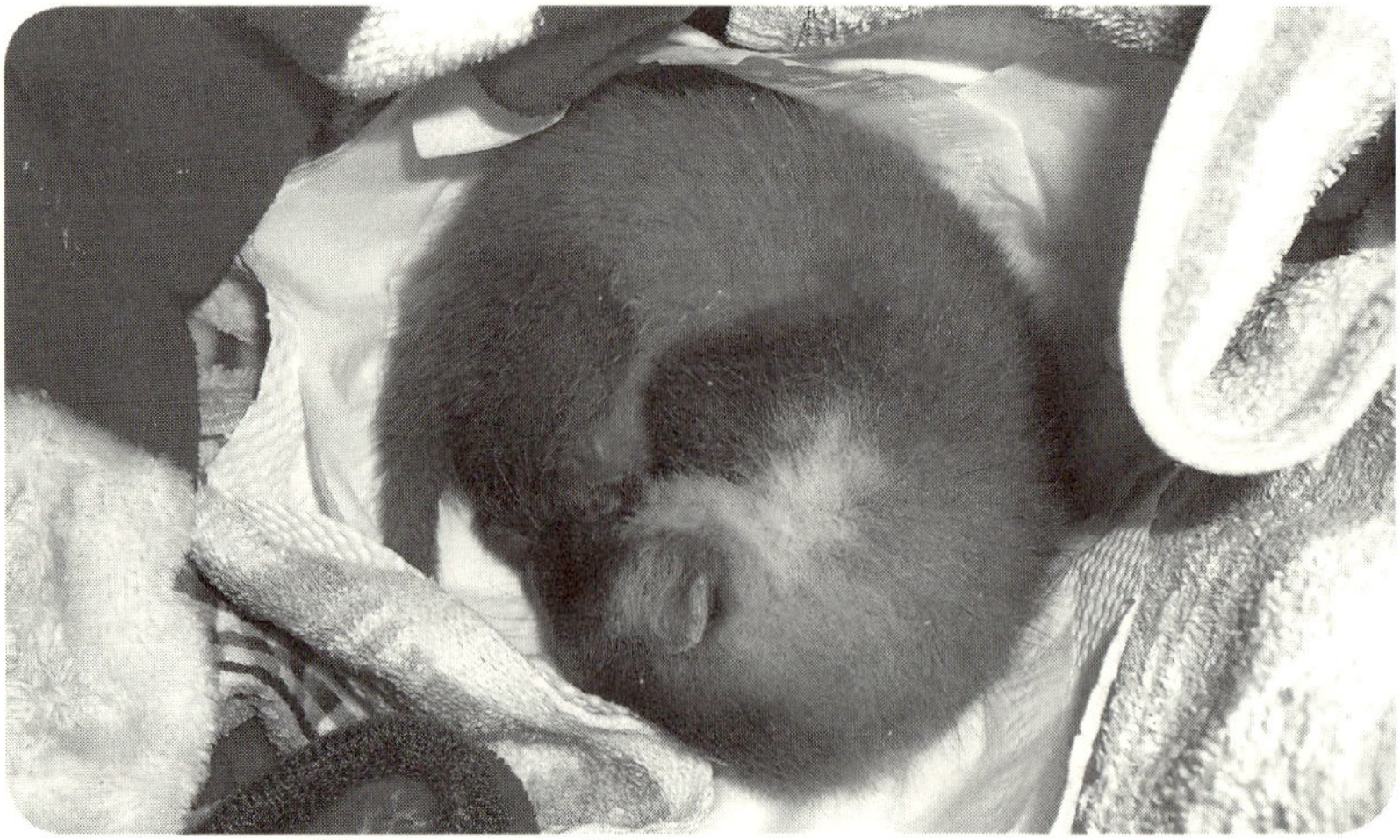

ミルクをのんでは眠《ねむ》り、のんでは眠《ねむ》り……。

す。

　ひづるさんがテンを育《そだ》てていると聞いて、動物好《どうぶつず》きの友人たちがやってきました。

「安東《あんどう》さん、テンをひろったんだって？」

「見せて、見せて」

　毎日のように、だれかがやってきます。

「うわあ、ちっちゃいねえ！　まだ目も見えてないんだ」

「そうなの。おかげで、こっちは大変《たいへん》。ミルクをのませるのに時間がかかって、昨夜《さくや》もあんまり寝《ね》てないの」

ひづるさんが答えると、出番とばかりにエプロンをつける人もいます。

「そうだろうと思って、家事《かじ》を手伝《てつだ》いにきたの。掃除機《そうじき》、まだかけてないんでしょ」

「悪《わる》いね。ありがとう」

テンちゃんにかかりきりで、ひづるさんの家では家事《かじ》ができていないだろうと友だちは考えて、やってきたのです。

おかげで、台所《だいどころ》がかたづき、部屋《へや》も掃除機《そうじき》をかけてもらって、きれいになりました。

「また見にくるね」

友だちが帰ったあと、しばらくして、今度《こんど》はべつの友だちがきてくれました。この友だちは地元の小学校の図書室で、司書《ししょ》として働《はたら》いています。

「テンの赤ちゃんを育《そだ》てているって聞いたから、これは差《さ》し入《い》れ」

テンちゃんのために、野生動物《どうぶつ》の図鑑《ずかん》を持《も》ってきてくれたのです。

この友だちもテンちゃんを見るなり、

「えっ、こんなにちっちゃいの!? もっと大きいかと思ってた。うわあ、さわるのが、こわいくらい」

おどろきの声をあげながら、ひづるさんの手で、ひざの上にそっとのせてもらいました。

テンちゃんは、ざざざざというように鳴きました。

「いま、へんな鳴き方したよ」

「ちょっと待《ま》って。調《しら》べてみるね」

さっそく図鑑《ずかん》が役《やく》にたちます。

「なになに……。へえ、これ『ささ鳴き』っていうんだって」

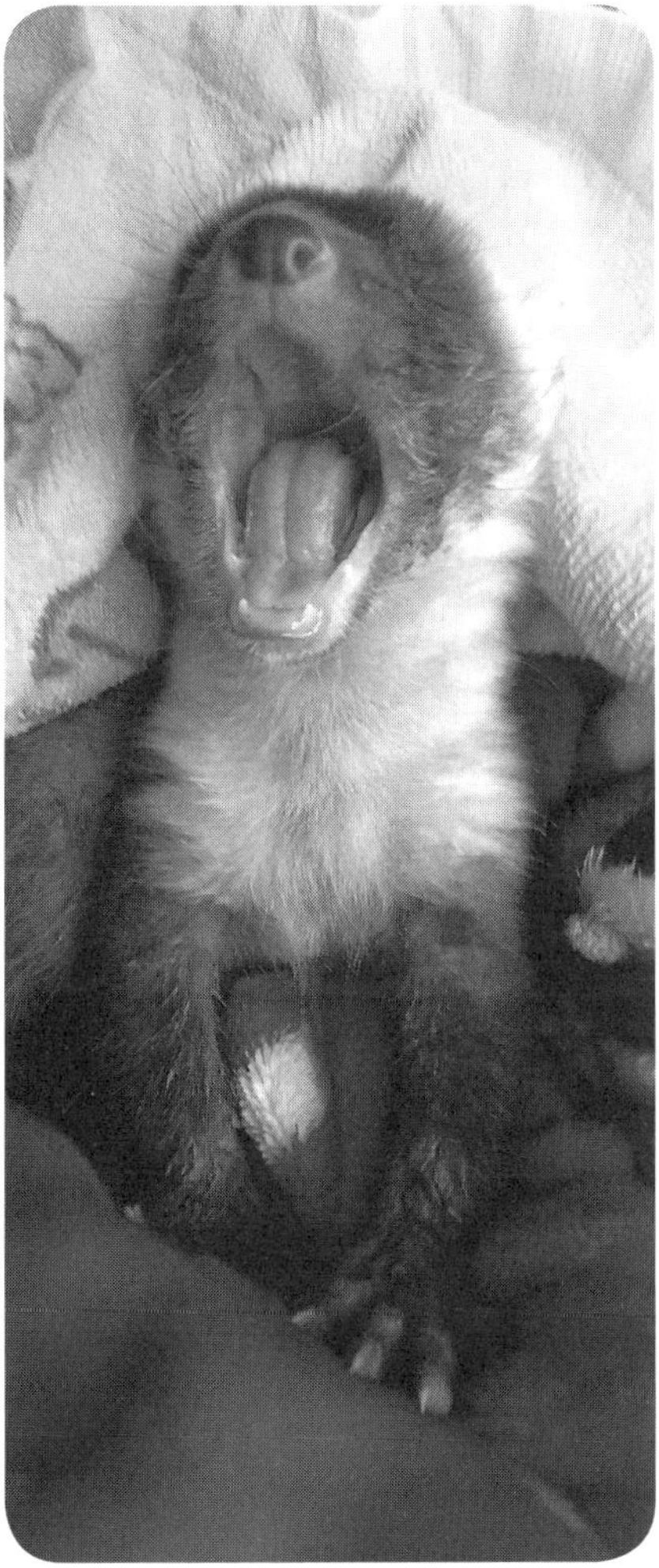

ふわぁ～、おなかいっぱいだぁ。

友だちの問《と》いに、ひづるさんがこたえます。

「ささ鳴き?」

「そう。ホッキョクグマとかツキノワグマの赤ちゃんが、同じ鳴き方をするらしいよ」

「へえ、そうなんだ」

はじめて見るテンの赤ちゃんに、興味《きょうみ》しんしんの友だちでした。

それからしばらく、ひづるさんの家にはいろんな人が、テンちゃんを見にやってきました。

ひづるさんの友だちばかりでなく、ときには近所《きんじょ》の小学生が、

「テンを見せてください」

と、やってきたこともありました。

「抱《だ》っこさせて、抱《だ》っこさせて！」

テンちゃんを見るなり、せがんでくる子もいます。

そんなとき、ひづるさんは、子どもの手にテンちゃんをのせてあげました。

「わあ、かわいい！　こんなの、わたしも飼《か》いたいなあ」

「わたしも！」

テンちゃんを囲《かこ》んで、話はつきるようすもなく続《つづ》き、笑《わら》い声《ごえ》もあがります。

動物《どうぶつ》には、人と人をつなぎ、心をはずませる力があるのでしょうか。

こうして、みんなの関心《かんしん》を集《あつ》め、力をかりて、テンちゃんは、少しずつ少しずつ大きくなっていきました。

そんなある日のことです。ひづるさんは、獣医師《じゅういし》の先生に電話をしました。

「テンちゃんがどうかしましたか？」

受話器《じゅわき》のむこうから、いつもの、たのもしい声が聞こえてきました。

「それが、おなかをこわしたみたいで、ミルクをやると下痢《げり》をするんです」

「わかりました。行きましょう」

それからしばらくして、先生がやってきました。

「どれどれ」

先生は、まず聴診器《ちょうしんき》をつけてテンちゃんの心臓《しんぞう》の音を聞くと、つぎにおなかにさわり、おしりを見ました。

「かぜをひいたのかもしれませんね。夜はまだまだ冷《ひ》えるので、ねどこを、あたたかくしてください」

先生に言われて、ひづるさんは、はっとしました。四月になったとはいえ、夜はまだ寒《さむ》いことに気がつかなかったのです。

「ごめんね、テンちゃん。おかあさんたちだけあたたかい部屋《へや》にいて、気づかなかった」

ひづるさんは、テンちゃんのねどこに、一度《いちど》は使わなくなっていた使《つか》い捨《す》てカイロをいれてやりながら、あやまるのでした。

数日たち、テンちゃんのおなかは、すっかりよくなりました。

ミルクの量《りょう》も増《ふ》え、おなかがいっぱいになると、うーんと大きなあくびが出て、眠《ねむ》くなります。

テンちゃんがねているあいだに、ひづるさんは、友だちがもってきてくれた野生動物《どうぶつ》の図鑑《ずかん》をひらきました。

獣医師《じゅういし》の先生からいろいろ教わりましたが、自分でも、テンについて調《しら》べてみようと思ったのです。

テンは、イタチのなかまで、成長《せいちょう》すると、二十センチから三十センチくらいの体長になります。

木のうろや、民家《みんか》のやね裏《うら》などに巣《す》を作り、おきて活動《かつどう》するのは夜。

ネズミやウサギ、虫などのほかに、カキや野ブドウといった山のくだものを食べます。

それからふしぎなのは、季節《きせつ》により体の色が変《か》わるということです。

夏は毛が赤みがかった茶色や黒みがかった茶色になり、顔や手足の毛皮《けがわ》は黒。のどから胸《むね》はだいだい色で、尾《お》の先は白。

冬毛には、ふたつのタイプがあります。毛が赤みがかった茶色やこげ茶色で、頭部《とうぶ》が灰色《はいいろ》になる「スステン」と、毛色が黄色、頭が白い「キテン」とにわけられます。

むかしは、黄色や黒の、きれいな毛皮《けがわ》が目的《もくてき》で、人間に狩《か》られました。毛皮《けがわ》はえりまきやコートなどに加工《かこう》され、高く売れたのです。
そうした悲《かな》しい歴史《れきし》があって、いま、テンの数は、へって
いるそうです。

3 目があいたよ！

テンちゃんが山寺からやってきて、二週間あまりが過《す》ぎました。

いつものように洗濯《せんたく》と掃除《そうじ》をすませ、テンちゃんにミルクをあげようとやってきたひづるさんは、

「あら！」

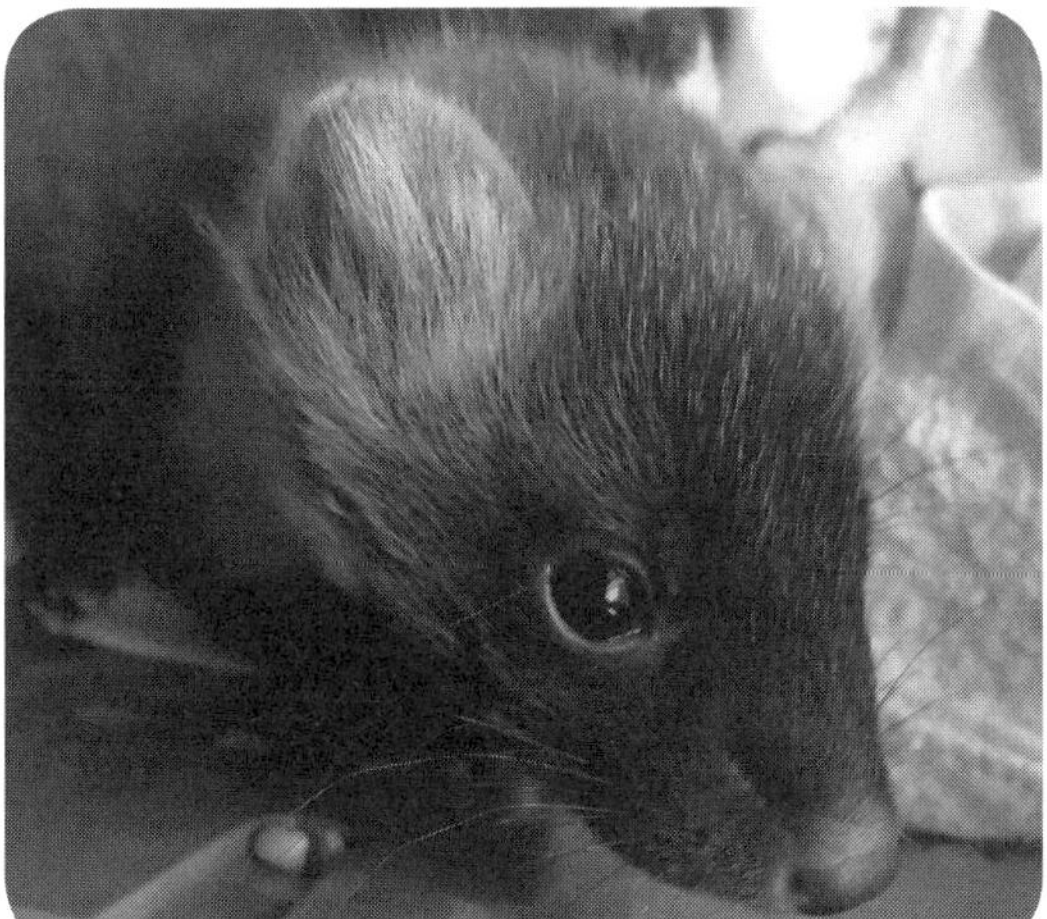

目があいたよ！　はじめて見る世界。

おどろきの声をあげました。テンちゃんの目が、あいていたからです。

「目があいたのね！　かわいい！　おかあさんが見えるかな？」

ひづるさんは、思わず語りかけていました。目のあいたテンちゃんは、洗濯《せんたく》かごから出ようとして、活発《かっぱつ》に動《うご》くようになりました。

かまって、かまって、というように、さかんにささ鳴きもします。

ミルクをのむ量《りょう》もぐっと増《ふ》え、時間は二時間おきから、四時間おきになりました。トイレだって、もうひとりでだいじょうぶ。

さて、ひづるさんの家には、犬もいます。名前はカイくん。カイくんは、座敷《ざしき》の中が気になってしかたのないようす。ひづるさんが座敷《ざしき》にむかうたび、しっぽをぱたぱたふりながら、ついてきますが、

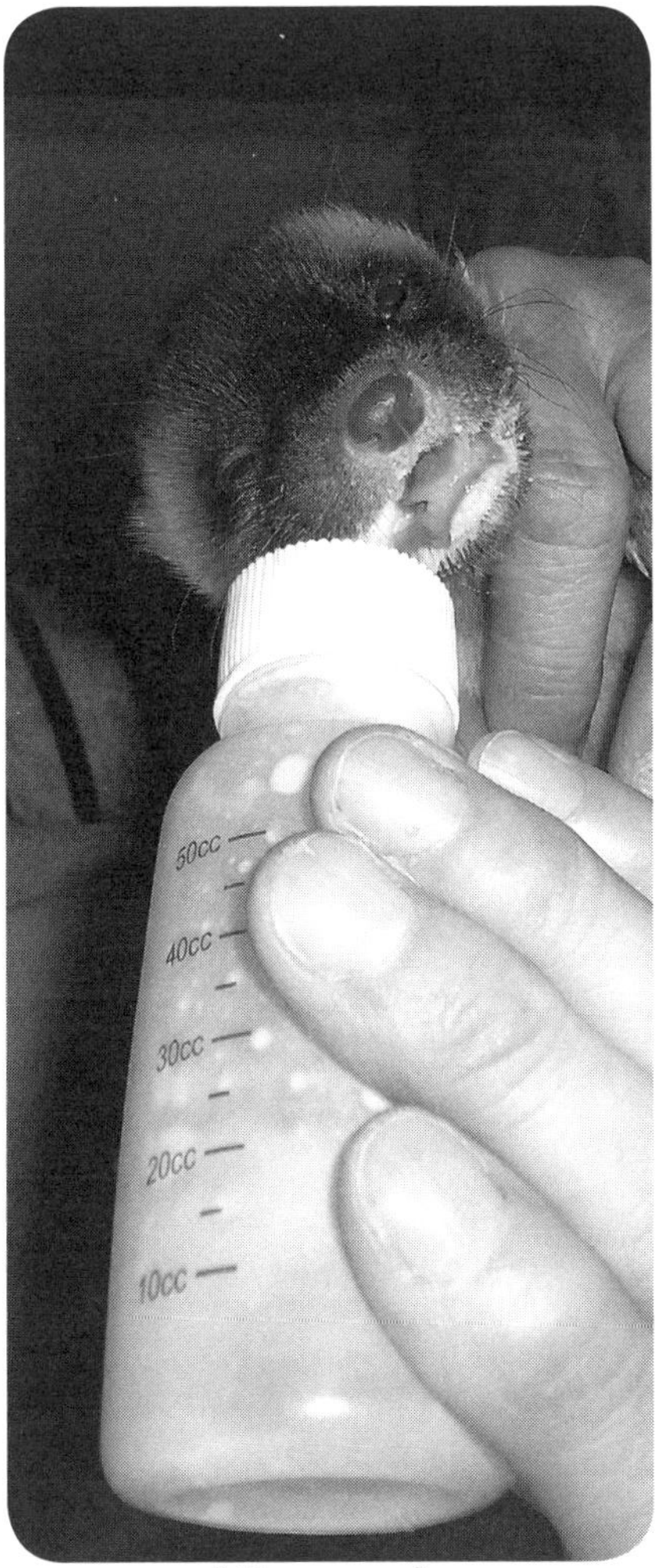

ミルクをのむ量《りょう》もぐっと増《ふ》え、時間は二時間おきから、四時間おきに。

「ここまでよ、カイくん」

いつも、ひづるさんは、カイくんの鼻先《はなさき》で、ふすまをとじてしまいます。

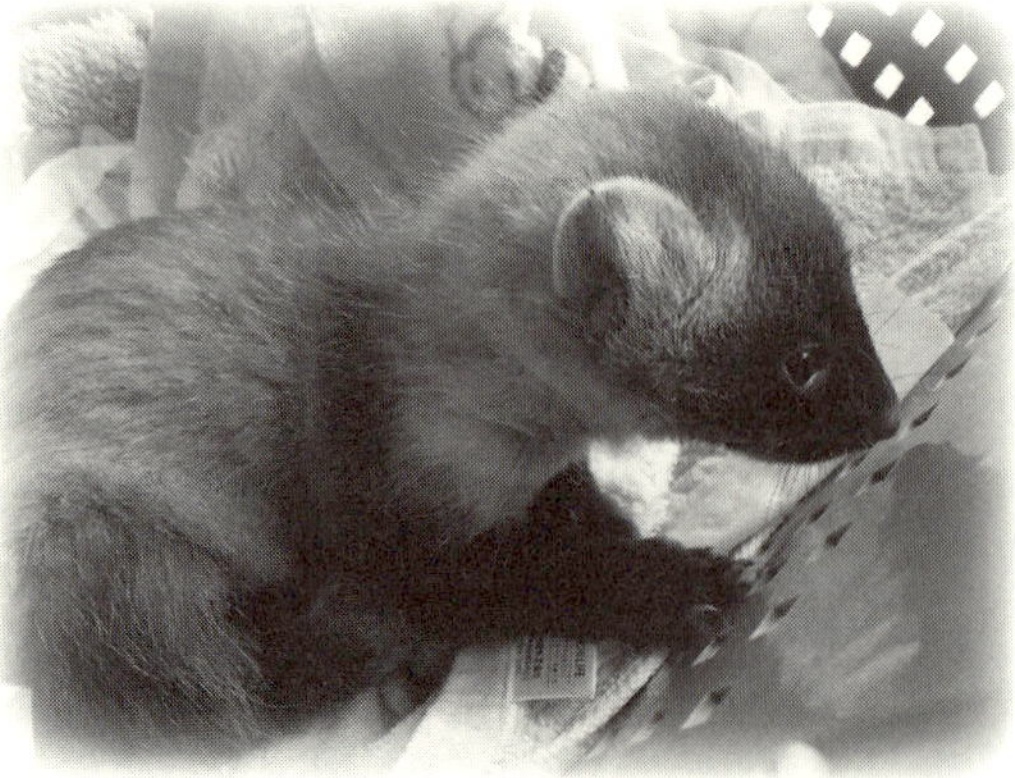

ひづるさんが出てくるまで、カイくんは、鼻《はな》をくんくんいわせて、廊下《ろうか》をうろうろ。

どうやら、ふすまのむこうに、自分とはちがう動物《どうぶつ》がいるのが、わかっているようです。

「ねえねえ、なにがいるの？」

そんな顔で、ひづるさんが座敷《ざしき》を出てくるまで、廊下《ろうか》にすわっているときもありました。

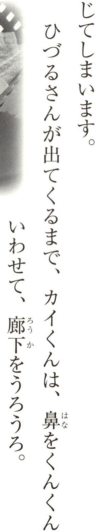

4 はじめての一歩

「おいで、テンちゃん」

ひづるさんは、テンちゃんをそっと、裏庭《うらにわ》のしばふの上におろしました。

さいしょ、テンちゃんは、足をふんばって、ふるえていました。なかなか動《うご》きません。

「ほら、がんばって」

ひづるさんに応援《おうえん》されて、ようやく出たはじめての一歩。続《つづ》いて、ころびそうになりながら、二歩、三歩。

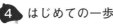

よいしょ、よいしょ、一歩ずつよいしょ。

小さいながら、手足をふんばったすがたに、イヌやネコにはない、野生の動物《どうぶつ》のたくましさがあふれているようです。歩けるようになったテンちゃん。もう、洗濯《せんたく》かごでは、まにあいません。かごから出てしまうからです。

あたらしく、犬用のケージが座敷《ざしき》に入れられ、テンちゃんの部屋《へや》になりました。

「ひづるさん、テンちゃんの遊《あそ》び道具《どうぐ》、もらってきたよー！」

今日は、看護師《かんごし》をしている友だちがやってきました。

「いらっしゃい。ありがとう」

友だちは夜勤《やきん》あけで疲《つか》れているはずなのに、テンちゃんのために、おとなりから、いらなくなったキャットタワーをもらってきてくれたのです。組《く》み立《た》て式《しき》のネコ用のジャングルジムです。

「目があいたんだって？　どれどれ」

ケージをのぞくまでもなく、テンちゃんが新聞紙をかきわけ、がさごそと出てきました。

「そうなの。それで、急《きゅう》に活発《かっぱつ》になっちゃって」

言いながら、ひづるさんはテンちゃんをケージから出してやりました。

キャットタワーは、高いところの好《す》きなテンには、もってこいの遊《あそ》び道具《どうぐ》です。組《く》み立《た》ててやると、さっそくよじのぼろうとします。

「うわあ、おもしろい！　ねっ、ねっ、みんなで遊《あそ》ぼう」

テンちゃんは、ふたりを遊《あそ》びにさそっているように、さかんにささ鳴きをします。

その日以来《いらい》、キャットタワーはテンちゃんのいちばんのお気に入りになりました。

キャットタワーで飽《あ》きるまで遊《あそ》んで、遊《あそ》び疲《つか》れると、ささ鳴きをして、ひづるさんをよびます。

ひづるさんのひざの上は、とってもあったか。ついつい、あまえたくなるのです。

このころから、ひづるさんは気をつけてテンちゃんに接《せっ》するようになりました。

小さくても、テンは野生の動物《どうぶつ》。爪《つめ》も歯《は》も鋭《するど》く、うっかり手を出して、ひっかかれたり、かまれたりしてはたいへんです。

ひづるさんの足音がすると、テンちゃんはなにをしていても、やめます。

それから、「出して、出して」というように、ケージをひっかきます。

ケージから飛び出ると、たたみの上をダッシュ！　座敷《ざしき》じゅうを、思いきり走ります。

けど、あれれ？

今日はちょっとちがうみたい。なぜって、ひづるさんの手から、ミルクとはちがういいにおいがしてきたからです。

5 テンちゃん、肉を食べる

ひづるさんは、お皿《さら》を手にしています。いいにおいは、そこからただよってくるようです。

「テンちゃん、今日は、肉を食べてみようね」

ひづるさんがもってきたのは、やわらかな、トリ肉のササミでした。生のササミを小さくきったものを、

「はい。いっぱい食べて、大きくなるのよ」

と、あたえました。

こうして、ミルクを卒業《そつぎょう》し、テンちゃんはどんどん大き

とりのササミ、おいしい、おいしい！

くなりました。

やわらかなクリーム色だった毛も、テンらしいもえるようなオレンジ色になっていきました。

もう、ひづるさんとばかり遊《あそ》んでいるわけではありません。夫《おっと》の徹《とおる》さんとも、息子《むすこ》の昌哉《まさや》さんとも遊《あそ》びます。

とくに、仕事《しごと》から帰ってきた昌哉《まさや》さんの肩《かた》にのっ

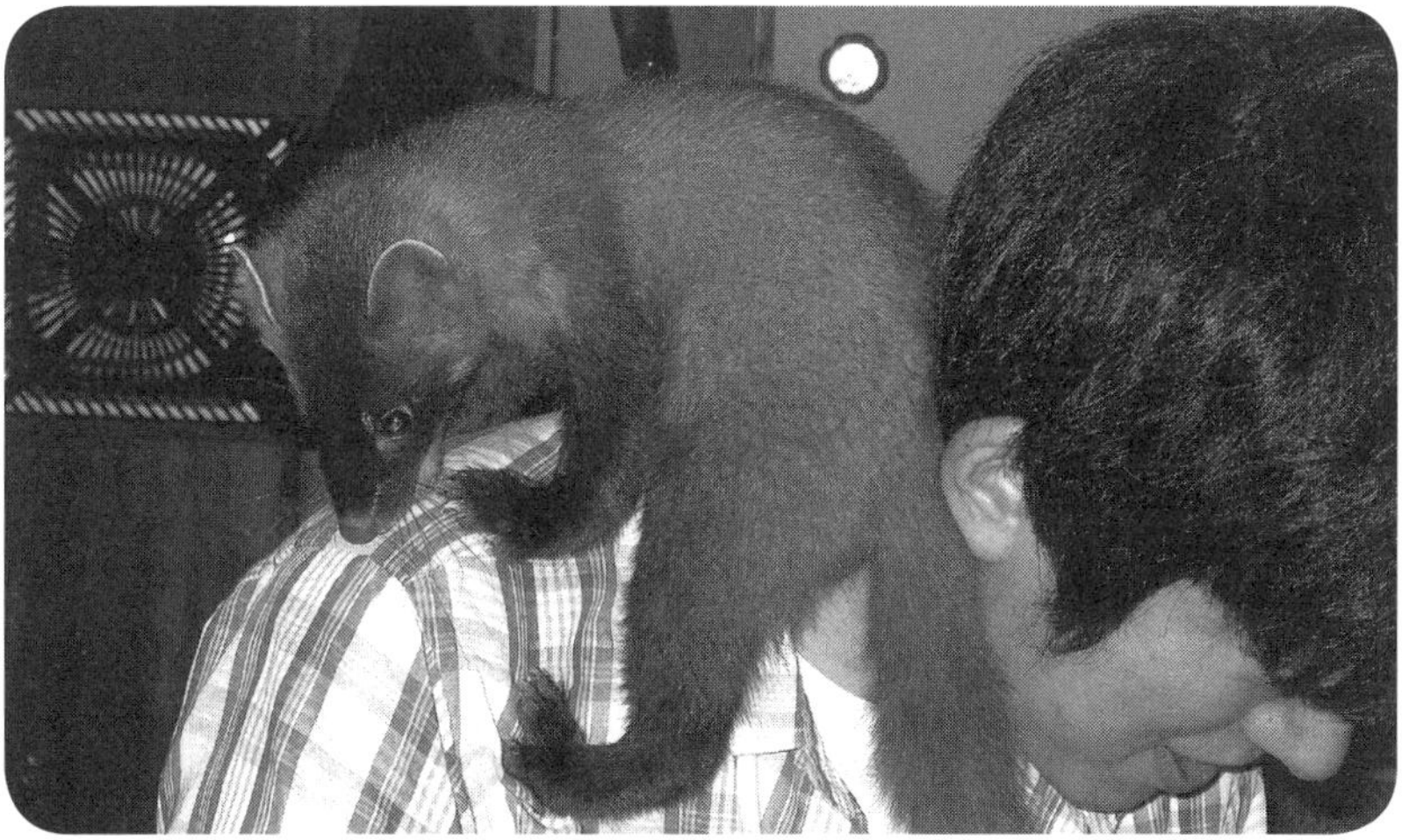

昌哉《まさや》さんの肩《かた》、だ〜い好《す》き！

かるのが、だーい好《す》き。
「かまって、かまって！」
とばかり、おおさわぎ。
それから、これはなあに？ あれはなあに？ いろいろなものに、興味《きょうみ》をしめします。
行動範囲《こうどうはんい》も広くなりました。座敷《ざしき》から縁側《えんがわ》に出るようになったのです。
ところが、ある日、いつものようにひづるさんが肉をのせた皿《さら》を手に、座敷《ざしき》に入ったところ、テンちゃんのすがたが見えません。

「テンちゃん、どこ？　出ておいで！」

ひづるさんがよぶものの、返事《へんじ》がありません。

「テンちゃん、ここ、ここ」

そういって、床《ゆか》をトントンとたたいても、出てきません。

いつもなら、ひづるさんがこの動作《どうさ》をすると、テンちゃんはすがたを見せるのですが、その気配《けはい》すらありません。

よく見ると、縁側《えんがわ》の網戸《あみど》がほんの少しひらいているではありませんか。テンちゃんはここから外に出たにちがいありません。

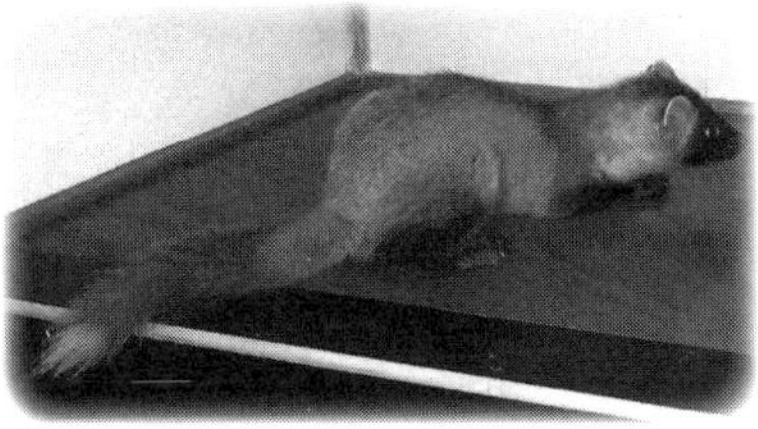

6 テンちゃん、にげる

さあ、たいへんです。

ひづるさんは、縁側《えんがわ》から外に出ました。それからぐるっと庭《にわ》をまわって玄関《げんかん》へ。そこにもテンちゃんのすがたはありません。

さっきまで座敷《ざしき》にいたのですから、まだそんなに遠くには行っていないはずです。

「テンちゃん！　出ておいで！」

ひづるさんは、近所中《きんじょじゅう》をさがしました。

その日、夕暮《ゆうぐ》れになっても、テンちゃんは帰ってきませんでした。

翌日《よくじつ》には友だちも来てくれて、手分けして大そうさくが始《はじ》まりました。

「テンちゃーん！　テンちゃーん！」

公園の植《う》えこみの中、土管《どかん》の中、水路《すいろ》といったところも、くまなくさがしました。

そうやって、あたりをさがすこと四日、

「あ、いた！」

友だちが声をあげました。

そこは、知らない人の家のガレージでした。冷《つめ》たいコンクリートの上で、テンちゃんはふるえていました。

「テンちゃん、そこにいたの！」

ひづるさんは、すぐにかけよると、もってきたバスタオルでテンちゃんをつつみました。

「よかったね、テンちゃん」

その夜、テンちゃんは大好《だいす》きなササミをたくさんもらって、あたたかい部屋《へや》で休みました。

それから数日後のことです。

いつものようにケージを出て、座敷《ざしき》を走りまわっていたテンちゃんが、ぎゃっと、大きな声で鳴きました。

これまで、聞いたこともない声です。

「どうしたの、テンちゃん？」

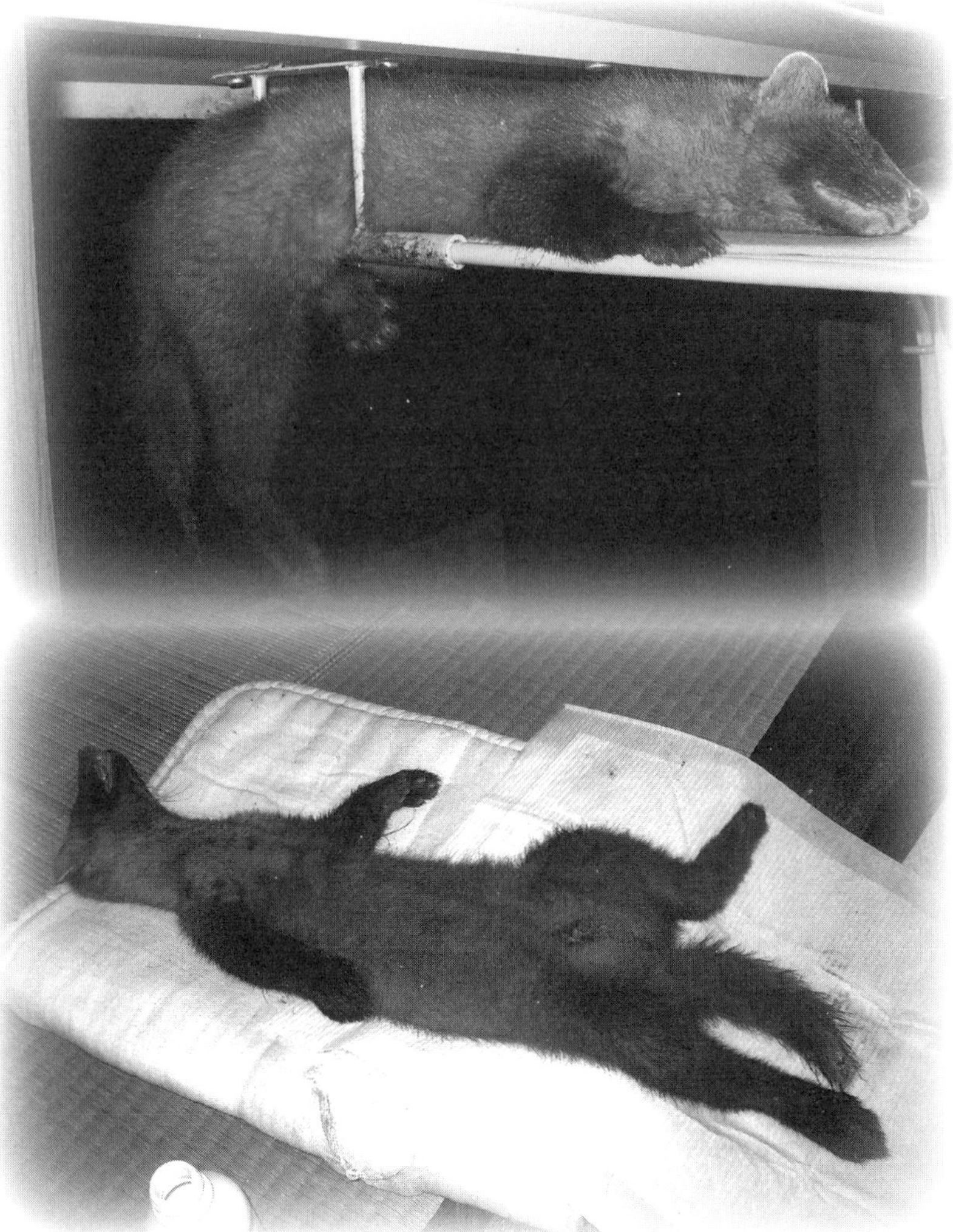

テンちゃん、大ケガ！　治療《ちりょう》開始です。

ひづるさんが手をのばし、こちらにひきずり出そうとすればするほど、家具《かぐ》のおくに入りこんで、ううっとうなるだけです。

あたりに、点々と血《ち》がついています。

ひづるさんは、獣医師《じゅういし》の先生に電話をしました。ひづるさんの声からただごとでないとわかったのか、先生はすぐに来てくれました。

そして、あばれまわるテンちゃんに、眠《ねむ》りぐすりを注射《ちゅうしゃ》しました。

くすりで眠《ねむ》ってしまったテンちゃんを、家具《かぐ》のあいだからひっぱり出してみると、なんと、しっぽの先がちぎれてしまっているではありませんか。

「最近《さいきん》、なにかかわったことは、ありませんでしたか？」

先生の問《と》いに、脱出事件《だっしゅつじけん》のことを話すと、

「ああ、そのときしっぽにけがをしたのかもしれませんね」

先生は、ふんふんとうなずきながら説明《せつめい》してくれました。

「そのときのけががもとで、テンちゃんのしっぽはうんでいたんですよ。それが痛《いた》くて、たえられず、自分で自分のしっぽをかみちぎったようですね」

「ええ！　そんなことあるんですか⁉」

イヌやネコが、自分のしっぽをかみちぎったというような話は聞きません。さすがは野生の動物《どうぶつ》です。

「傷口《きずぐち》からバイキンがはいらないよう、消毒《しょうどく》して、くすりをぬっておきます」

先生は、テンちゃんの、ちぎれたしっぽの先を、きれいに消毒《しょうどく》すると、そこがうまないように、バイキンに効《き》くなんこうをぬってくれました。

それから数日間、さすがのテンちゃんもケージの中でおとなしくしていました。

その間、看護師《かんごし》の友だちが、電話でいろいろひづるさんにアドバイスをくれました。

そうやって傷《きず》がなおってしまえば、また元気いっぱい。テンちゃんは、ケージの中、キャットタワー、とかけまわります。

食欲《しょくよく》も増《ま》し、そのぶんだけ体重《たいじゅう》も増《ふ》えていきました。

しっぽはちぎれたけど……元気になりました。

7 テンちゃんとカイくん

安東《あんどう》家は、みんな動物《どうぶつ》が大好《だいす》き。

これまでにも、犬のほかに、ネコやインコなどを飼《か》ってきました。

とくに、インコのチーちゃんのことは、亡《な》くなった今も忘《わす》れることができません。

チーちゃんは生まれつき足にこぶがあり、そのために飛《と》ぶことができませんでした。

飛《と》ぶことはできなくても、チーちゃんは犬のカイくんとなかよくしていました。

ひづるさんがチーちゃんを両手《りょうて》にのせてすわっていると、かならずカイくんがやってきて、チーちゃんに鼻《はな》をよせてきました。

チーちゃんとなかよしだったカイくんなら、テンちゃんともなかよくなれるかも……。

そう考えたひづるさんは、二ひきのあいだを仕切《しき》っていたさくをひらいて、テンちゃんが自由《じゆう》に庭《にわ》をかけまわれるようにしてみました。

積極的《せっきょくてき》に二ひきを会わせるというのではなく、ぐうぜんに出会うようにしてみたのです。

カイくんはもともと自由《じゆう》に、家の中と外を出入りしているので心配《しんぱい》ないのですが、問題《もんだい》はテンちゃんです。

そのまま、またどこかににげていってしまわないか、それを心配《しんぱい》しなくてはなりません。

けれども、いつか山にかえすことを考えたら、これも訓《くん》練《れん》のうちかもしれません。

「テンちゃん、出ていいよ」

カイくん。う〜ん、わが家になにかいるような……。

うん、ドアのむこうに、なにかいるぞ。

さくをあけ、座敷《ざしき》から庭《にわ》に出られるようにしてやったところ、どうでしょうか。

何度《なんど》目かのすれちがいの後、テンちゃんとカイくんが出会うときがやってきたのです。

ある日のこと、庭《にわ》を走りまわるテンちゃんの音に、まずカイくんが反応《はんのう》しました。

「走っているのは、だれだろう?」

そう言っているように、首をかしげ、外に出ていきました。

そこで二ひきは出会ったのです。最初《さいしょ》はたがいに、

「これは、なんだ?」

とでも言うように見ていましたが、しだいに距離《きょり》をちぢめ、歩みよっていったのです。

それ以来《いらい》、二ひきは、種類《しゅるい》のちがう動物《どうぶつ》がじょうずに住《す》み分けるように、けんかなどすることなく、ともにくらすようになりました。

いずれ山にかえる予定《よてい》のテンちゃんにとって、これはいいことにちがいありませんでした。

8 テンちゃんのトレーニング

テンちゃんを保護《ほご》して一年。春が過《す》ぎ、二度目《にどめ》の夏がやってきました。

「ほら、テンちゃん、行くよ」

ひづるさんは、テンちゃんに小型《こがた》犬用のハーネスとリードをつけて、外に出ました。

テンちゃんは、山の子。

山にかえるためにも、自然《しぜん》になれておかなければなりません。獲物《えもの》をつかまえる練習《れんしゅう》も必要《ひつよう》です。

走れ、走れ、みぞの中をタッタッタッ。

「テンは野生の動物《どうぶつ》。元気になったら、山にかえしてあげてくださいね」

ひづるさんは、獣医《じゅうい》さんの言ったことばを、忘《わす》れてはいません。

じつは先生も、以前《いぜん》、タヌキの子どもを保護《ほご》したことがありました。

もう何年前になるでしょうか。見知らぬ人から、家の裏《うら》に変《へん》な生きものがいるようなので来てほしいと言われたのです。

たのまれるままに行き、あみでつかまえてみると、それはタヌキの子どもでした。民家《みんか》の裏庭《うらにわ》で生ゴミをあさっていたのです。

タヌキは雑食《ざっしょく》で、なんでも食べますが、もともとは山里に住《す》み、人の住《す》むところに来ることはありません。

それが、ここ最近《さいきん》、日本各地《かくち》の住宅地《じゅうたくち》で目撃《もくげき》されるようになりました。それもタヌキばかりではありません。

イタチ、イノシシ、クマまで出没《しゅつぼつ》して、人間をおどろかせ、なやませているのです。

それは動物側《どうぶつがわ》の問題《もんだい》でしょうか。いいえ、ちがいます。

本来は、人間の解決《かいけつ》すべき問題《もんだい》なのです。

先生が保護《ほご》した子ダヌキだって、好《この》んで人のすみかにやってきたわけではないでしょう。むしろ、逆《ぎゃく》に、タヌキのすみかに人がやってきたのです。

人間が「開発《かいはつ》」という理由《りゆう》で、タヌキたちのすみかだった山里に近づき、それをこわし、住宅地《じゅうたくち》やゴルフ場にしているのです。

すみかを追《お》われた動物《どうぶつ》は、エサ場を求《もと》めて、もっと山奥《やまおく》に行くか、人家にやってくるしかありません。

獣医《じゅうい》の先生の保護《ほご》した子ダヌキは、種類《しゅるい》はちがいますが、山に住《す》む野生動物《どうぶつ》という点ではテンと同じです。

山にかえっても、自分の力で生きていけるように訓練《くんれん》しなければならないのです。

はじめて一歩歩いた日がうそのように、テンちゃんは自分からどんどん歩きます。今ではひづるさんが引きずられるくらいのスピードです。

草のしげみに分け入って、なかなか出てこないこともあります。

そんなときは、セミやバッタなどを見つけて、興味《きょうみ》しんしんといったところ。

ときにはパリパリと音をたてて、とらえた獲物《えもの》を食べているようす。

この日、テンちゃんはカブトムシを食べました。

「よく食べたね、テンちゃん。えらい！」

カブトムシ、見っけ！　おいしいぞ。

ひづるさんは、テンちゃんをほめてやります。

人が手をかけた分、テンちゃんは、野生の本能《ほんのう》がにぶっているかもしれません。自分の食べるものは、自分で見つける。

この訓練《くんれん》をしておかないと、山にかえったとき、テンちゃんには食べるものがないかもしれないのです。

「さあ、テンちゃん、もう少し行くよ」

ひづるさんは、声をかけて、テンちゃんをはげますのでした。

9 最初《さいしょ》のチャレンジ

家のまわり、近くの公園、となり町の雑木林《ぞうきばやし》というように、テンちゃんを山にかえすためのトレーニングの場所《ばしょ》は、少しずつ遠くになっていきました。

山ならどこでもいいというわけではありません。人間の手の入ったスギ林やヒノキの山は、むいていません。動物《どうぶつ》の好《す》きなドングリの実《み》が、ならないからです。ドングリがどっさりとれて、野生のカキやイチゴがなって、水場のある里山。

クンクン……。おいしいもの、なにかあるかな？

ここだと思う場所《ばしょ》を求《もと》めて、ひづるさんは毎日のように車を走らせました。

そんなある日、ひづるさんは、ブナやナラの木のしげる雑木林《ぞうきばやし》を見つけました。

近くに神社《じんじゃ》があります。ということは、ドングリもなり、水もたっぷりあるということです。

「いいところを見つけたの。いっしょに来てくれる？」

その日、夫《おっと》の徹《とおる》さんにもついてきてもらって、ひづるさんはテンちゃんを山にかえすため、町はずれの山へと車を走らせました。

山道で車をとめると、テンちゃんを入れたケージを地面《じめん》におろし、とびらをあけました。

テンちゃんは用心をしているのか、なかなか出てこようとしません。

「テンちゃん、ほら、出ておいで」

ひづるさんが地面《じめん》を指《ゆび》でたたくうちに、テンちゃんはやっと外に出てきました。

それからハーネスをはずしてもらい、ダッと草むらに入っていきました。一分……二分……三分……。

がまんができなかったのは、ひづるさんのほうでした。

「テンちゃーん!」

ひづるさんの声に、テンちゃんは、

「はーい!」

と返事《へんじ》をするかのように、飛《と》びはねて出てきました。

そして、ひづるさんの手をなめまわし、まわりからはなれません。

「テンちゃん、よかったあ!」

テンちゃんを抱《だ》きあげるひづるさんに、

「しかたないなあ」

これには、夫《おっと》の徹《とおる》さんも苦笑《にがわら》いするしかありませんでした。

一度《いちど》、家庭《かてい》にむかえた動物《どうぶつ》を放《はな》すことがどんなにむずかしいことか、身《み》にしみて知ったできごとでした。

10 テンは害獣《がいじゅう》？

テンちゃんを放《はな》すことができなかったひづるさんは、そんな自分がショックでした。

テンちゃんをケージから出したら、自分たちはすぐに車にのって、その場所《ばしょ》をはなれればよかったのです。

それだけのことが、なぜできなかったのか。考えれば考えるほど、おちこんでしまいます。

「あまり考えないで。また次《つぎ》があるよ」

徹《とおる》さんはなぐさめてくれましたが、ひづるさんは、この次《つぎ》、テンちゃんを山にかえせるだろうかと心配《しんぱい》になったのです。

「動物園《どうぶつえん》にひきとってもらったら？　動物園《どうぶつえん》ならいつでも会いに行けるじゃない」

友人のひとりにアドバイスされ、いろいろな町の動物園《どうぶつえん》に電話をかけてみました。

「テンですけど、そちらでひきとってもらうことはできますか？」

ひづるさんの問《と》いに、

「むずかしいですね。テンは害獣《がいじゅう》ですから」

という返事《へんじ》ばかりでした。

なぜむずかしいの？

ひづるさんはパソコンを立《た》ち上《あ》げ、インターネットで調《しら》べてみました。そこでもテンは「害獣《がいじゅう》」であるとされ、なんと、追《お》い払《はら》う方法《ほうほう》まで書いてありました。

害獣《がいじゅう》ってなに？

調《しら》べてみると、「害獣《がいじゅう》とは、人間活動《かつどう》に害《がい》をもたらす哺乳《ほにゅう》類《るい》にぞくする動物《どうぶつ》」と書いてありました。

また「家畜《かちく》などの飼育動物《しいくどうぶつ》以外《いがい》、ほとんどこれにふくまれる」とも。

つまり、山にくらす哺乳類《ほにゅうるい》のほぼすべてが、人間をおびやかす存在《そんざい》だということです。

住宅地《じゅうたくち》にクマやイノシシがあらわれて、人がケガをしたというニュースを聞くことがあります。

こんな場合は「害獣《がいじゅう》」よばわりされても仕方《しかた》のないことかとも思うのですが、射殺《しゃさつ》などせず、眠《ねむ》りぐすりなどで眠《ねむ》らせて、静《しず》かに山奥《やまおく》にかえしてやることはできないのだろうかと、ひづるさんは思うのです。

獣《けもの》が人間のすみかにあらわれ、田畑《たはた》を荒《あ》らし、農作物《のうさくぶつ》に被害《ひがい》を与《あた》えることもよく聞きます。

けれども、それだって獣《けもの》の側《がわ》からすれば、環境破壊《かんきょうはかい》によるすみかの周辺《しゅうへん》でのエサ不足《ぶそく》という理由《りゆう》もあるでしょう。あるいは、人間側《にんげんがわ》が、獣《けもの》のすみかそのものを奪《うば》ってはいないでしょうか。それなら、獣《けもの》にとって、人間こそが害獣《がいじゅう》です。

「むずかしい問題《もんだい》だよねえ、テンちゃん」

ひづるさんは、ため息《いき》まじりで、テンちゃんに語りかけます。

「むずかしいけど、考えていかなくちゃね」

そんなひづるさんを、テンちゃんは、首をかしげて見つめているのでした。

11 テンちゃんとの冬

その後も、テンちゃんを山にかえすためのトレーニングは続《つづ》きました。

ひづるさんは、これは自分のためのトレーニングでもあると考えるようになりました。

おかあさんが子ばなれしなければ、子どももはなれていけません。

「わたしが、しっかりしなければ！」

自分をはげましながらのトレーニングです。

季節《きせつ》は夏から秋へと移《うつ》りました。山々は赤や黄色にそまり、自然《しぜん》の果実《かじつ》もゆたかに実《みの》っていそうです。

「けど、すぐに寒《さむ》い季節《きせつ》になるしなあ」

ひづるさんは考えこんでしまいました。

南国の九州《きゅうしゅう》にも、雪はふります。

冬になって食《た》べ物《もの》もなくなった山で、テンちゃんは生きていけるだろうか。それが、心配《しんぱい》なのです。

「ひづるがそう思うなら、もう少し飼《か》ってもいいんじゃないか」

徹《とおる》さんが言うと、

「それがいいよ、おかあさん」

横《よこ》から、昌哉《まさや》さんまで言ってくれて、ひづるさんは心がか

もうお部屋に入る？　まだ遊《あそ》ぶ？

るくなりました。

そう、来年の春まで飼《か》おう。

それまで、栄養《えいよう》のあるものをたっぷりあげて、いっしょにたくさん遊《あそ》ぼう。

そうと決《き》めたひづるさんは、その日からテンちゃんのために、たくさんの時間を使《つか》うようにしました。

「ほら、テンちゃん、遊《あそ》ぼ

う！」

先になって、テンちゃんを遊《あそ》びにさそいます。テンちゃんは、大よろこびです。

「まるで、ほんとうの親子だね」

友だちにからかわれても、なんのその。

座敷《ざしき》を、庭《にわ》を、ひづるさんはテンちゃんといっしょに走りまわります。

テンちゃんとの思い出を、いっぱい作って、残《のこ》しておきたい。そう思うのです。

テンちゃんは、ひづるさんのことを忘《わす》れるでしょう。けど、ひづるさんがテンちゃんのことを忘《わす》れることはないのです。

テンちゃんのことを思い出すとき、ああしてあげればよかった、こうしてあげればよかった、と考えたくないのです。

「テンちゃん、みんながわたしたちのこと、ほんとうの親子みたいだって。そのとおりだもん。いいよね！」

テンちゃんを抱《だ》きあげながら、ひづるさんは笑《わら》います。

季節《きせつ》はまわって、木がらしの吹《ふ》く冬がおとずれようとしていました。

12 ある日、とつぜん

きびしい寒《さむ》さが続《つづ》いたある日、さっきまで庭《にわ》で遊《あそ》んでいたテンちゃんのすがたが、ふっと見えなくなりました。

台所《だいどころ》で家事《かじ》をしていたひづるさんは、テンちゃんが見えなくなったのに気づき、表《おもて》に出ていきました。

「テンちゃん！」

どこか、そのあたりにいないか、ひづるさんは声をはりあげて、よんでみました。

いつかのときのように、人の家のガレージにひそんでいるかもしれません。

ひづるさんは、近所《きんじょ》の家々のガレージを、ひとつひとつ見てまわりました。

春には山にかえすと決《き》めていたのだから、ここでいなくなってもしかたがない。

そうは思うものの、こうしている間にも、テンちゃんはうちにもどっているかもしれないと、あわい期待《きたい》のようなものが、胸《むね》にこみあげてきます。

「テンちゃーん!」

ひづるさんの声に、夫《おっと》の徹《とおる》さんと息子《むすこ》の昌哉《まさや》さんが家から出てきました。

「テンちゃんがいなくなったの。あちこちさがしてみたんだけど、どこにもいなくて」

うろたえるひづるさんに、

「まあ、落《お》ち着《つ》いて」

徹《とおる》さんが言います。

「手分けして、さがそう」

家族《かぞく》みんなでさがすことになりました。

前の脱走《だっそう》のときのように、植《う》えこみや土管《どかん》の中、みぞの中まで確《たし》かめました。

「テンちゃーん！」

テンちゃんをよぶみんなの声をすいとるように、いつしか雪がふり出していました。

翌日《よくじつ》も、そのまた翌日《よくじつ》も、友だちまで来てくれての大そうさくになりましたが、この前のように発見《はっけん》することはできませんでした。

ひづるさんの心は、ぽっかり穴《あな》があいたようになりました。

いつまでも、みんなにきてもらって、さがし続《つづ》けるわけにはいきません。

「そのうち、ひょいと帰ってくるかもよ」

「気を落《お》とさないで」

みんな、口々に、ひづるさんをなぐさめてくれましたが、ひづるさんは小さな声で「ありがとう」を言うのがやっとでした。

テンちゃんが入っていたケージ。大好《だいす》きだったキャットタワー。

それらを見ると、元気に遊《あそ》んでいたテンちゃんのすがたが思い出され、自然《しぜん》になみだがあふれてくるのです。

寒《さむ》い夜など、木《こ》がらしの吹《ふ》きあれる音を聞きながら、

（せめて、もう少しあたたかくなってから、いなくなってくれてたら……）

考えてもどうしようもないことを考え、

（うっかりしていた自分が悪《わる》かった……）

と、自分をせめてしまいます。

何日も同じことを考えているうちに、ひづるさんは、春になってもテンちゃんを山にかえすことができなかったかもし

れないと思うようになりました。
それを知っていたかのように、出ていったテンちゃん。
テンちゃんには、ひづるさんのやさしさがわかっていたのでしょう。
（テンちゃん、ごめんね。そして、ありがとう）
なみだをぬぐいながら、ひづるさんは、心の中でテンちゃんに感謝《かんしゃ》するのでした。

野生のテンとくらした一年と九か月は、ひづるさんにとっておどろきと喜《よろこ》びの日々でした。
手のひらにのるほど小さかったテンちゃんを、最初《さいしょ》はちゃんと育《そだ》てられるとは思ってもいませんでした。

けれども、大きく育《そだ》ったのです。それは、胸《むね》を張《は》ってもいいことだと、ひづるさんは思っています。

それから、テンちゃんを育《そだ》てなかったら、考えなかったようなことも考えるようになりました。

ふつうでは見ることもないテンという動物《どうぶつ》とくらせたこと。

そのことを、かけがえのない経験《けいけん》だったと思えるようになったのです。

また、野生の動物《どうぶつ》と人間とが、ともにくらすことについて。

人間の手による、自然《しぜん》の開発《かいはつ》について。

どれも、ひづるさんが、これまでしんけんに考えたことのなかったことです。

これらのことを考えるようになったのも、テンちゃんの存《そん》在《ざい》があったからです。

もうすぐ春。

どこかの雑《ぞう》木《き》林《ばやし》で、テンちゃんは元気で、たくましく生きているると、ひづるさんは信《しん》じています。

山の子テンちゃん、ファイト！

テンちゃんが帰って行った雑木林《ぞうきばやし》。テンちゃん、元気かな？

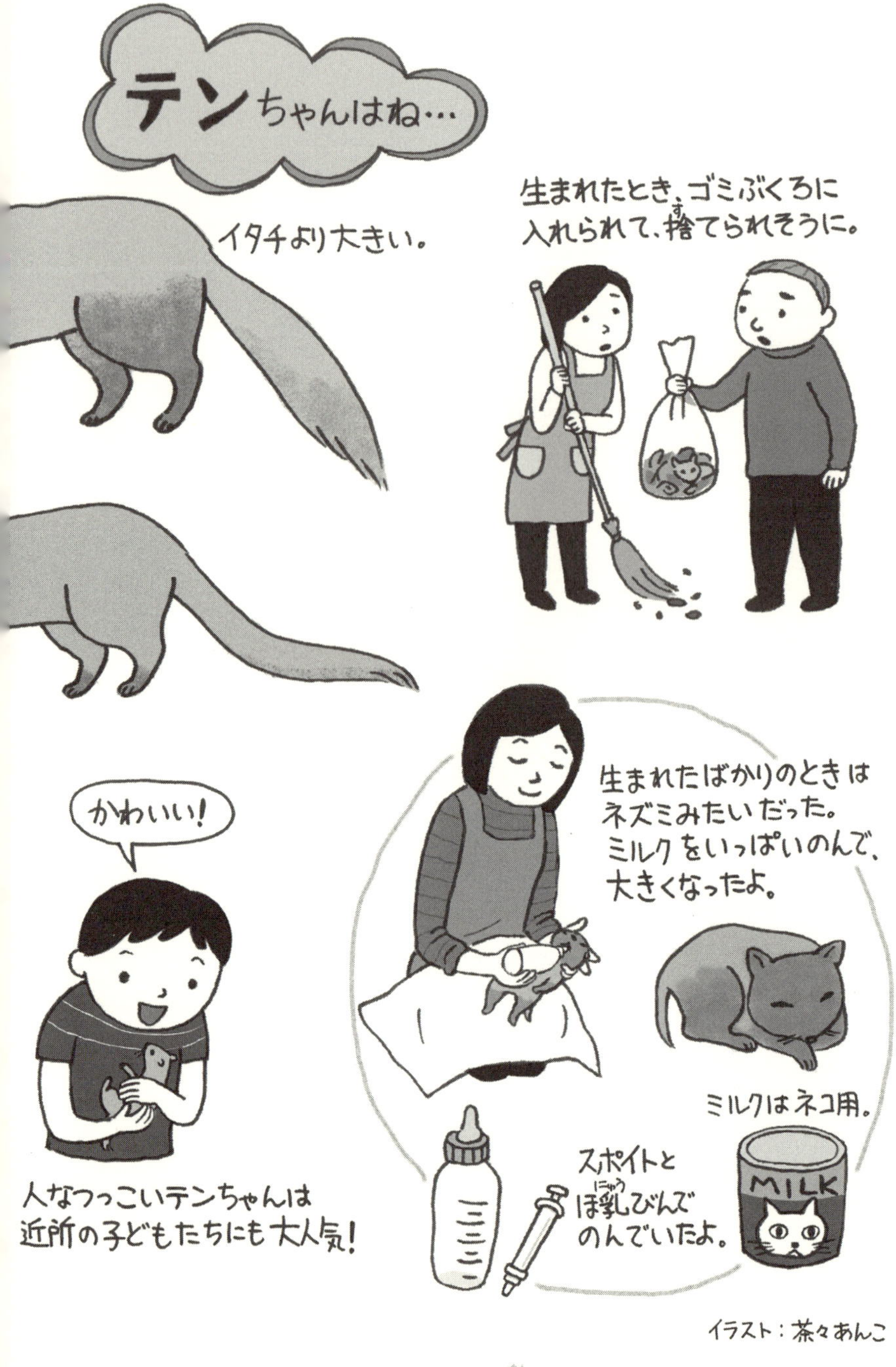
テンちゃんはね…
イタチより大きい。
生まれたとき、ゴミぶくろに
入れられて、捨《す》てられそうに。
生まれたばかりのときは
ネズミみたいだった。
ミルクをいっぱいのんで、
大きくなったよ。
かわいい!
人なつっこいテンちゃんは
近所の子どもたちにも大人気!
ミルクはネコ用。
スポイトと
ほ乳《にゅう》びんで
のんでいたよ。
MILK

イラスト：茶々あんこ

テン
顔は夏に黒、
冬は白に
なるんだ。

ぬいぐるみが大好《だいす》きな
犬のカイくん。
テンちゃんに
ぬいぐるみを1つ
わけてあげたんだよ。

よぶとふり返《かえ》る。
自分の名前が
わかっていたのかな？

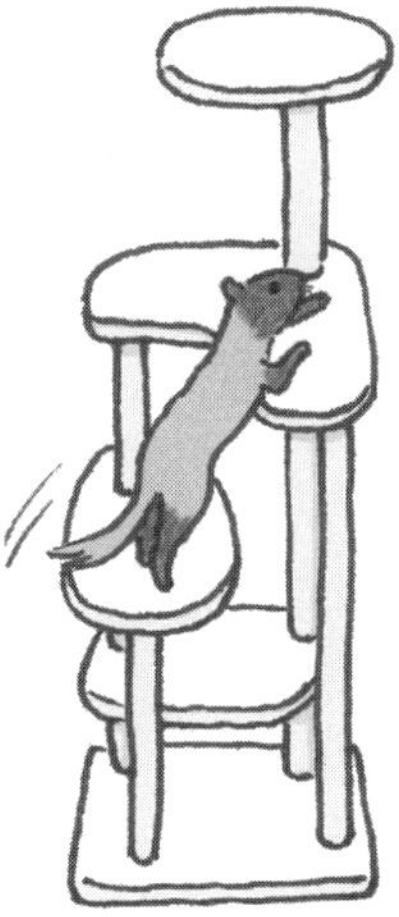

キャットタワーが大好《だいす》き！
元気に走りまわるテンちゃん。

けがでしっぽは
短《みじか》くなっちゃった。

あとがき

テンの赤ちゃんにはじめてふれたとき、その小さな生きものの温《ぬく》もりにおどろき、いのちそのものにふれたように感じました。

この命を二年近く守り育てた安東《あんどう》ひづるさん、それを見守り、ときに手をさしのべてきた夫の徹《とおる》さん。

そんな二人のすがたに共感して、この本ができました。

ミルクをのんだようす、はじめて目をあけた日、庭を歩いた日など、テンちゃんの成長のようすをおしみなく見せてくれた、ひづるさんと徹《とおる》さん、長男の昌哉《まさや》さん、本当にありがとうございました。

テンちゃんの成長は、わたしにとっても楽しみであり、いのちの学びともなりました。

あとがき

ひとつの生きものに、ひとつのいのち。

あたりまえのことですが、そのことを考えさせられた日々でした。

最後になりましたが、写真撮影でお世話になった絵本作家の茶々《ちゃちゃ》あんこさん、獣医師《じゅういし》の有田公生《ありたこうせい》さん、そして、編集の堀江悠子さん、みなさんのお力ですてきな本になりました。心からありがとうございました。

二〇一八年　秋

佐和《さわ》みずえ

著者　佐和《さわ》 みずえ
愛媛県生まれの一卵性双生児。「佐和みずえ」は二人で共有するペンネーム。大学卒業後、漫画原作者として執筆活動に入る。漫画の原作を書くかたわら、多くの少女小説や児童書を手がける。著書に「鷹匠は女子高生！」「走る動物病院」（ともに汐文社）、「パオズになったおひなさま」（くもん出版）、「すくすく育て子ダヌキポンタ」（学研プラス）などがある。

写　　真　茶々あんこ　安東昌哉　有田公生　高橋 徹
イラスト　茶々あんこ
装　　丁　高橋明香（おかっぱ製作所）

山の子テンちゃん
空から落《お》ちてきた小さないのち

2018年11月　初版第1刷発行
2025年 1 月　初版第3刷発行

著　　佐和 みずえ

発行者　三谷 光

発行所　株式会社汐文社
東京都千代田区富士見1-6-1
富士見ビル1F　〒102-0071
電話 03-6862-5200　FAX 03-6862-5202
https://www.choubunsha.com/

印　刷　新星社西川印刷株式会社

製　本　東京美術紙工協業組合

ISBN978-4-8113-2565-1